낯선 위로가 눈물을 닦아주네

이 도서의 국립중앙도서관 출판예정도서목록(CIP)은 서지정보유통지원시스템 홈페이지(http://seoji.nl.go.kr)와 국가자료종합목록 구축시스템(http://kolis-net.nl.go.kr)에서 이용하실 수 있습니다.

(CIP제어번호 : CIP2020031824)

J.H CLASSIC 059

낯선 위로가 눈물을 닦아주네

어향숙 시집

지혜

시인의 말

혹독한 겨울을 건너면서 내 안의 문장들을 해방시켰다. 아직 덜 여문 문장들이 누군가의 몸으로 들어가 여름도 되고 봄도 만나기를 바란다.

2020년 8월 북서울숲에서

어향숙

차 례

1부 어둠의 눈이 환하다

2부 갇힌 풍경, 창 열고 들어오다

3부 죽음이 하루를 길게 늘여 놓았다

4부 빈 곳을 메우지 않고 지루함을 기다린다

• 일러두기
  한 연이 첫 번째 행에서 시작될 때는 > 로 표시합니다.

1부

어둠의 눈이 환하다

뭐니, 머니

어머니 돈 좀 주세요

어를 누르자 머니가 쏟아졌다
어머니는 돈 찍는 기계 은행보다도 더 큰 금고
나의 든든한 뒷배

호텔에서 외식을 하고 카지노에서 게임을 했다 어머니를 담보
로 유학도 다녀오고 명품도 사고 스포츠카도 몰았다 백화점에서
클럽에서 어머니의 등뼈를 긁었다

넘치는 카드대금에 어어 말을 잇지 못하는 어머니
그러던 말던 머니만을 갈구했다
끝을 모르는 어머니 사랑

부도가 났다
어머니가 어머니를 폐업했다

어머니 앞에서
어하고 놀라도 머니가 나오지 않는다

>

한도 초과한 어머니

자동차가 멈추고 월세가 밀리고 애인이 떠났다 캐릭터는 레벨
업을 포기한다 식탁도 슬그머니 뒷걸음쳐 퉁퉁 불은 라면만이
어머니 자리를 지킨다

명의名醫

요즘 사람들 병은 모두 속병인겨
말을 못해서 생기는 병이지
사람들 말만 잘 들어줘도
명의 소리 듣는데 그걸 못혀
아무 소리 하지 말고
자기 말만 들으래
내가 의사 양반 주치의인가?

홍씨 할머니
처방전 들고 약국 들어서며
혼잣말처럼 하신 말씀
내 귀에서 떨어지지 않는다

입추

샤워를 마친 저녁. 화장대 앞에 앉아 얼굴에 스킨을 탁, 치는 순간 열린 창문으로 상큼한 무언가 스친다. 귀밑을 간질이고 뒷목을 당기고 어깨를 감싼다. 은근하면서도 부드러운 바람이다. 그와 손잡고 광화문 밤거리를 쏘다니던 바람이다. 콧등에 땀방울이 송골송골 맺혀도 몸의 잔털들이 곤두서던 바람이다. 브래지어 밑에 두근두근 숨기고 속눈썹을 떨던 바람이다. 마주잡은 손이 촉촉하게 젖어도 가슴으로 화하게 전해지던 바람이다. 두볼 빨개져도 이가 덜덜거리던 건들팔월이다. 끝이 보이지 않는 바닥 깊은 곳에서 불어오던 최초의 바람이다.

바람이 입을 열고 들어와 혀 위로 달짝지근 굴러간다. 긴 코일을 따라 시원스레 그가 온다.

약손

약사님, 감기약 맛있게 지어 주세요

처방전 내려놓으며
여학생이 건넨 맑은 소리
데굴데굴 굴러들어옵니다

귀를 활짝 열더니
눈앞을 환하게 합니다
기계처럼 움직이던 손 움켜쥐고
조제실로 들어가 약을 짓습니다

아침에 쟁여둔 햇살 한 줌
당의정에 코팅하고
숲에서 담아온 공기 한 줌
캡슐에 슬쩍 밀어 넣습니다

포장기 나와 포지에 담긴
약 걸음이 알록달록 경쾌합니다

맛있는 약 나왔어요

\>

여학생이 약봉지 들고

약국을 나간 뒤에도

제 손을 꽉 잡고 놓지 않습니다

잠만 자는 방

낮에는 늘 비어있는

선잠을 벗고 길을 나서면
놓고 온 숨소리와 발자국 소리가
온종일 우두커니 나를 기다리는

좁고 구석진 뒷문으로 드나들어
마당에 서 있던 감나무조차
나를 모르는

희미한 형광등이 새벽까지
비키니 옷장과 앉은뱅이책상 그림자를
곁에 앉혀두던

주인집 밥 푸는 냄새가
누런 박스테이프로 얼기설기 막은
문틈으로 들어와 허기진 배를 뒤척이던

노량진 학원 옆 길거리 컵밥이
처진 어깨를 다독이던 늦은 밤

골목을 살금살금 뒤따르는 고양이가
방문 앞에서 돌아가고 고양이처럼 웅크려 잠든

밤마다 팽이잠이 켜켜이 쌓여가던

그 방에 나의 스무 살

고물상의 봄

어린 날의 보물창고 필순이네 고물상

마당에는 꿈을 재던 커다란 저울이 있고 그 옆 벽에는 깨진 거울이 걸려있어 곧잘 우리의 마음을 들키곤 했다 버려진 뾰족구두에 헐렁한 원피스를 걸치고 절뚝거리며 빨리 어른이 되고 싶었다

볕이 잘 드는 모퉁이에 쪼그려 앉아 배는 부르지 않아도 빈 깡통들이 차려주는 밥상을 소리 내어 맛있게 먹었다 가끔 엿을 고던 가마솥을 빡빡 긁어 입천장에 붙이고 그 달콤한 맛에 찐득이는 손으로 자주 솥뚜껑을 열었다

양손에 빈병 하나씩 들고 아이들이 코를 훌쩍이며 뛰어왔다 담 밑에서 별꽃들이 눈을 반짝이며 기다려주었다 훌쩍 자란 우리 키 만큼 나팔꽃이 담벼락을 타고 올랐다

고철더미에 엉덩이를 걸친 금성 흑백 텔레비 위에서 겉표지가 떨어져 나간 순정만화를 읽었다 외로워도 슬퍼도 울지 않던 캔디와 나의 첫사랑 테리우스를 만났다

\>

마당가 민들레꽃은 자꾸 결말을 재촉했다

납작 엎드려 우리들의 이야기에 귀 기울이며 가슴이 부풀 때마다 푸른 하늘로 꽃씨를 날려 보냈다 그 꽃씨를 따라 우리들도 뿔뿔이 흩어졌다

아기씨

시집온 새언니는 열두 살 나를 아기씨라 불렀어
선물처럼 다가온 아기씨를 신고 어리광이 온 집안을 뛰어다
녔지
긴 마루가 짧아지고 마루 끝에 앉은 제라늄이 꽃을 피웠어

학부모면담 때 나이 많은 엄마 대신
새언니가 교실 문 열고 들어서면
쪼그라들던 발가락들이 환하게 커졌어

오빠는 언니보다 술을 좋아하고
댓돌 위 새신은 자주 거꾸로 놓이고
잠들기 전 나는 그 신을 마루 밑에 감추고
아침이면 신발 찾는 소리가 잠결 너머 서성이고

갓 태어난 조카가 신기하면서도 부러웠지
꼼질대는 조카의 발가락을 건드리면 울음이 터져 나왔어
부엌에서 달려온 언니는 조카의 발을 감쌌지
아기씨는 훌쩍 커진 신발을 신고 멀리 외지로 나갔네

집에 올 때마다 아기씨 뒤로 줄줄이 조카들이 나왔네

언니의 구겨진 뒤축은 이리저리 끌리다가 한밤중에야 멈췄지
축축해진 뒤축을 달빛 몰래 펴고 들어와 잠들었어

새신을 신고 그곳으로 발걸음을 재촉하네
아기씨가 아직 나를 기다릴까

스무 살의 다락방

간이침대에 누워
다리를 뻗으면 천장이 닿는다

우리는 나란히 발을 올려놓고
스무 살의 경계를 허물고 싶었다

천장을 밟고 다닐 수 있다면
하늘을 걸어 다닐 수 있다면

작은 창을 열면 멀리 봄이 오는 소리
하지만 봄은 이곳까지 올라오지 못했다

그가 들려준 달콤한 별
밤새 따다 천장에 매달았다
전기요금 독촉장을 베개 밑에 깔고
찰랑거리는 별 사이를 누비며 다녔다

불이 꺼진 밤
오토바이 라이트를 환하게 켜고
은하수 건너 알 수 없는 먼 길을 단숨에 달렸다

\>

폭주의 밤
창백한 꽃잎들이 바닥에 떨어져 뒹굴다
어디론가 사라졌다

자꾸 옆구리가 간지러웠다
허공에 떠돌던 약속들이
마주잡은 손에서 빠져나갔다
헬멧으로 귀를 감싸고 나간 그는
다시 돌아오지 않았다

눈을 뜨면 여전히
천장은 코앞에 있다

청파싸롱

청파동 132번지
꼭대기 붉은 벽돌집

뒤뜰 창문에 학교운동장 걸어놓고 멀리 남산타워도 세워놓았다 뛰노는 아이들 웃음소리가 벽을 타고 올라와 입가에 머물다 갔다

새벽시장에서 꺾어온 안개꽃은 화이트자수 식탁보가 깔린 식탁 위에서 하루 종일 물안개를 피워 올렸다

아침바람은 마을성당에서 들고 온 장미 향기를 안개꽃 사이사이 놓고 갔다 창문을 기웃거리던 구름이 가끔 얼굴을 붉혔다

별들이 오랜 시간 머물다가는 밤
남편이 술친구들을 몰고 왔다

동네어귀부터 큰소리로 불렀던 어마담!
나는 골목이 깰까봐 한 걸음에 달려가 고성방가를 껴안았다

마담으로 불려도 좋았던 시절

첫아이 태어나고 얼마 후 청파싸롱을 떠났다

다시 찾은 그곳
새로 생긴 앞 건물이 웃음 뛰어놀던 운동장도 남산타워도 지
워버렸다

아직은 간판을 내리고 싶지 않아
사라진 풍경들을 애드벌룬에 담아 높이 띄운다

멀리서 오랜 단골이 안개꽃 한 다발을 안고 온다

궁宮이 몸을 빠져 나갔네

갈참나무 숲이 끌어당기네
잎을 키운 나무 위로 11월이 걸어가네
숲의 자궁에서 나와 사방을 활보하고 다니네
번개처럼 나타나 긴 파장의 통증을 남기고 떠나네
점점 커지는 발소리에 가슴이 서늘하게 가라앉고
달도 별도 가린 뿌연 하늘이 밤안개로 피어나
눈앞을 흐리네

한때 내 몸의 궁이었던
태아가 자라던 집
그 집이 몸을 빠져나갔네
무성한 숲이었던 자리가 텅 비었네
나는 적막한 숲이 되었네
내가 키우던 기쁨들이
그곳에서 자랐음을 뒤늦게 알았네

지나가는 가로등이 어두운 내장을 들추어
울컥, 걸음을 멈추네
스치는 행인들이 염려의 말을 내려놓으며 지나가네
낯선 위로가 눈물을 닦아주네

지금은 갈잎이 고개를 세차게 흔들고
수크령이 포효하는 밤
바람이 귀를 당겨 일러주네
텅 빈 자리에 어둠이 점점 차오르고 있다고

이제 기쁨을 어디에 담아 키우나
어둠이 숲을 움켜쥐고 놓지 않으려 해도
밤새 서성인 빈 궁으로 어슴새벽이 들어오네

지화자여사

어정쩡한 몸짓으로
뒤뚱거리며 연신 땀을 훔치네

에어로빅 교실 맨 뒤에서
앞사람이 떨어뜨린 동작
얼른 주워 몸에 껴입는다네

평생 생선가게에 갇혀 있던 일흔이
지난달 신입으로 들어왔다네
비린내를 털고 이곳으로 나왔다네

가게에 누워있는 생선도
생선보다 더 오래 누운 한물간 영감도
오래전 가출한 아들도
요 시간만은 심장을 빠져나가네
박힌 불덩이 하나 몸 밖으로 쑥 흘러나오네

몸은 시장에서 벗어났지만
여전히 몸 안에 갇혀 씩씩거리는 춤
박자를 놓치고 몸보다 먼저 튀어나와

발목을 삐기도 한다네
출렁거리는 뱃살이 걸음 옮길 때마다
무릎을 욱신거리게 하네

오늘도 시원스런 동작들은
눈동자 위에서만 쭉쭉 뻗어나가네
음악에 맞춰 어깨만 들썩여도
흥에 겨운 아침이
흔들흔들 제멋대로 지나가네

오복사우나

30년 된 동네 목욕탕

잘 나갈 때는 24시간 영업도 마다않더니 몇 해 전부터 저녁 9시면 문을 닫는다 그때부터 사람들은 밀어낸 때 대신 불만 하나씩 묻히고 목욕탕을 나왔다

　울컥 쏟아내는 수도꼭지
　곰팡이가 앉은 천장
　얼룩이 남아있는 수건
　미지근한 사우나 온도
　시설보다 앞서 뛰는 요금

그나마 꾸역꾸역 그곳을 찾는 건 작은 불가마 때문이다 여자들이 가슴에 쌓인 화를 뜨겁게 달구면 쓰디쓴 기억은 몸 밖으로 떨어져 나온다 빨대로 쭉 빨아올린 서늘한 소문도 팅팅 불어 수다로 밀려나간다

고무대야 가득 이고 간 고달픔을 방망이로 펑펑 내리치며 찌든 땟물을 씻어냈던, 그래도 남은 찌꺼기는 이바구로 헹궈낸 공동빨래터의 수다가 오복사우나로 옮겨왔다

>
그런데 개업 이래 처음으로 문을 닫았다

누군가는 내부수리중이라 하고, 손님이 없어서라고 하고, 곧 시작될 재개발 때문이라고 하고, 주인 없는 말들이 웅성거렸다

그러건 말건 밀려나간 때는 시간이 지나면 다시 찾아온다

호박나이트

05번 마을버스 타고
양지빌라 언덕길 내려올 때
호박나이트 홍보차량
늙은 호박 한 덩이씩 이고
오색라이트 번쩍이며 줄지어 지나간다
흥겨운 트로트 쩌렁쩌렁
마을버스 문을 열고 들어온다
승객들 손을 사방으로 잡아끌며
화려한 조명 아래로 몰고 간다
엉거주춤 흔들리며 함께 춤춘다
백미러가 씨익 웃는다
나이트클럽 문턱에도 못 가본
소아마비 춘자언니
물 흐린다고 문 앞에서
쫓겨난 막내고모
절로 어깨를 들썩거린다
귀에 익은 뽕짝메들리가
마을버스를 끌고 앞서 달린다
버스도 덜컹덜컹
엉덩이를 흔든다

시엄마 증후군

만두를 먹으면 잔소리가 씹히지. 마음이 뜨거워지고 눈이 붉어져 눈물을 쏟지.

힘이 센 과부 시엄마가 만든 만두. 긴긴 겨울밤 커다란 홍두깨로 반죽을 밀어 스텐 밥그릇 꾹꾹 누른 만두피에 빨간 김치소를 넣은 왕만두. 밤새 졸음으로 빚은, 매워 매워하며 앉은 자리에서 한판 거뜬히 먹어치운 만두.

'시'자 들어가는 시금치는 먹지 않는데, 김밥에는 시금치 대신 오이면 충분한데, 시래깃국은 너무 질긴데, 시루떡만 먹으면 목이 메는데, 헛소리 가득 나열된 시집은 덮는데, 매일 똑같은 훈계를 늘어놓는 시계에 귀를 닫는데, 한쪽으로 기울어진 시소는 오르지도 않는데, 올라가면 금방 '쿵' 하고 떨어지는데.

이상한 일이야. 그 시엄마가 만든 만두를 나는 일년 내내 만들어. 팔이 아파도 잘게 김치를 다져.

우리 집 냉동실에는 시큰거리는 팔목들이 차곡차곡 쌓여있지.

2부

간힌 풍경, 창 열고 들어오다

화이트 노이즈

북서울 숲 카페
창밖이 액자 안으로 천천히 들어온다

아빠 엄마 양손에 매달려
허공으로 오르락내리락 걸어가던 남자아이
바닥에 굴러가는 주황색 야광 공 잡으러 손을 빼다

야광 동그라미 번쩍번쩍 굴러가고
쫓는 아이 걸음 빨라지고
바짝 따라붙은 그림자
덩달아 뛰어가고

두 갈래 머리 흔들며 노란 원피스 여자아이 다가오고
하얀 모자 남자아이 자전거 페달 힘차게 달려오고
한 발 보드에 올린 아이 다른 발로 바닥을 힘껏 뒤로 밀며 전진
하고
초코푸들 한 마리 늘어진 목줄 주인에게 당겨지고
분수대가 허공에 소리 없는 울음 쏟아내고

정지된 활발함, 정지된 움직임, 정지된 시끄러움

>

　멀찍이 앉아 바라보는 노부부 위로 그늘막 흔들리고
　주변 물오른 나뭇잎들 출렁거린다

화이트 노이즈 · 2

만리포 바닷가에서 파도를 본다
손끝에 닿을 것 같은 소금기 머금은 푸른 물
파도를 향해 파도를 넘어 아이들 뛰어간다

바라보면 더 멀리 달아나고
수평선 덩달아 뒤로 물러나고

아이들이 돌아본다
멀어진 거리만큼 당겨 손을 흔들어준다

다시 바라보면 하얀 물보라
아득한 곳에서 부서진다

이제 돌아보지 않는다
점점 멀어지고 망망대해 다가온다

눈앞에서 멀어진 거리를 먹먹히 바라본다
아무리 당겨도 아이들이 보이지 않는다

뉴스가 뉴스를 잠재운다

학교에서 돌아온 아들이 발꼬랑내 난다며 코를 막는다 목포
지인이 보낸 삭힌 홍어로 저녁에 찜을 했다 주방, 거실에 냄새
가 그득하다 냄비를 **빡빡** 씻어도 싱크대를 붙잡고 버틴다 밤새
식탁 위를 어슬렁거린다 벽에 달라붙어 도무지 떨어지지 않는다
문틈으로 슬쩍 들어가 집안 구석구석 자리를 잡는다 어느 틈에
옷장 속에도 서랍 속에도 들어가 앉는다 환풍기를 틀어대고 창
문을 활짝 열어도 소용없다 베란다 화초들도 손사래를 친다 이
불도 쿵쿵거리며 잠자리에 든다 꿈속까지 따라온다

아침 북엇국이 우러나면서 시원하게 냄새를 밀어낸다 거실
TV에서 흘러나온 '버닝썬 게이트'가 어제의 '김학의 사건'을 덮
는다

그 약국에 물고기가 산다

산사의 처마 끝에 있던 물고기가 도심으로 나왔다
약국 문 모서리에 자리 잡고 산다
하루 종일 문을 지키고 서 있는 저 문지기
문이 열릴 때마다 바빠진다
마른 허공에서 몸짓이 요란하다

배를 움켜잡고 들어서는 할머니보다
처방전을 들고 뛰어오는 아이보다
앞서 소리친다

사람들은 들고 온 통증을 의자에 내려놓고
가쁜 숨을 몰아쉰다
건네받은 처방전으로 약을 짓는 동안
물고기는 꼬리 짓을 멈추고
묵언의 기도를 올린다

사람들이 한 봉지의 위로를 들고
약국 문을 나서면
물고기는 다시 길을 열어준다
한 짝 문을 붙들고
보이지 않을 때까지 배웅을 한다

윤아

다섯 살 아이는 눈뜨자마자
베개를 붙잡고 큰소리로 운다

왜 잠이 온 거야
밤에도 안 자고 놀기로 했잖아

어느새 잠은 달아났고
베개는 제 잘못인양 아이 품에서 어쩔 줄 몰라 한다

방안 가득 들어와 앉아있던 아침이
민망한 얼굴로 암막커튼 뒤에 숨는다

어젯밤 콘도에 뿡뿡이 콩콩이 모두 데려와 놀던 아이
그만 잠들었다고 서럽게 울고 또 운다

흐트러진 장난감 속에서
뿡뿡이와 콩콩이도 곧 울 것 같은 표정이다

마지막 질문

니 돈 있나

당신 얼굴에 쓸쓸함이 스쳤다
파도에 밀려오듯 빚쟁이에 떠밀려
딸이 알바 하는 해안가 레스토링으로 찾아온 아버지
빛바랜 헐거운 양복이 뼈만 남은 손마디를 다 덮진 못했다
휑한 눈은 푹 눌린 구두코를 내려다보고
바싹 마른 입술은 회전목마 수레를 끌고 싶다 말했다
까마득한 수평선을 바라보며 월급날 아직 멀었다고 퉁명스럽
게 쏟아냈다
거무스레한 얼굴이 발밑에서 일그러지고
당신의 허허로운 웃음이 비틀거리며 파도 따라 밀려나갔다
레스토랑 모퉁이에 쪼그려 앉아 꽁초마저 피우고 떠났다
그 연기는 오래도록 떠난 자리에 머물러 있었다
다음날 당신의 부음 소식에 바닷물은 회전목마처럼 넘실거렸다
당신이 머문 모퉁이에서 손님이 남긴 돈가스 조각을 입안에
구겨 넣었다
허기진 배는 목구멍에 걸린 딱딱한 조각을 울음으로 삼키며
멀어져가는 목마를 바라보았다

>

당신은 오늘도 목마타고 내게 와 묻는다

니 돈 있나

위로가 필요해

부풀어 오른 공기를 코로 힘겹게 들이마십니다
마취제 묻은 날숨이 따갑게 목구멍에 걸립니다
입을 동그랗게 만들어 내보냅니다
눈물이 귓바퀴를 타고 흘러내립니다

얼마나 지났을까요
창밖에서 스며든 어둠이 6인실을 잠재웁니다

고향 친구도 아니고
학교 동창도 아니고
사회에서 건너건너 만난
민찬맘이 침대 옆에 앉아있습니다

이제 괜찮아
어서 가보렴

차갑게 식은 발 주무르며
민찬맘이 툭 던집니다

걱정 꽉 붙들어 놓으셔

남는 게 시간이야
늙어가는 우리
이제 서로 비비며 살자
필요하면 언제든지 이용하서
자유이용권이야
시간제한 없는 무한이용권이야

헐렁한 환자복 한기를 밀어냅니다
발이 뜨끈해집니다

독주獨奏

이 세상에는 얼마나 많은 악기가 있을까
그에게로 가는 악기는 모두 제각각이지

흰 지팡이로 두드리지 않아도 스르르 열리네
살짝만 눌러도 훤히 보이는 세계
깊숙이 구석구석 문질러야 나오는 세계
때로는 유연하게 때로는 거칠게

손끝에 있는 열 개의 눈으로
아름다운 연주를 들려주네
말하지 않아도 당신이 다녀온 세상을 노래하네

몸 곳곳에는 짚어야 할 악보가 있지
혈 따라 지그시 호흡을 맞추고
미세한 숨결까지도 귀 기울이네
몸을 구부렸다 당기며 깊은 곳에서 끌어올리는 단단한 소리
살결 따라 천천히 내려가는 부드러운 소리
점점 더 열리는 몸의 아코르

거리를 좁혔다 늘리며

안쪽에서 바깥쪽으로 탁한 소리를 걸러내네
맞닿은 손끝에 힘이 들어가네

관절 마디마디에 고인 노래가 흐르고
굳은 근육의 응어리가 풀리네
여기저기 막힌 불안이 사라지네

끝이 무뎌지면 손바닥으로 쓰다듬어 완성하는
박수소리 들리지 않아도 그 울림으로 완성하는
몸의 가얏고

눈먼 안마사가 사는 집
낯선 사내가 그 방을 걸어 나오네

긴 팔

키는 작지만
팔뚝 굵고 긴 팔을 가진

돌아앉은 아버지 등 뒤에서 사흘 동안 우리 집 안방을 점령해
그 두툼한 손으로 언니를 파간

새벽어둠을 뚫고 건설현장에 달려가 팔을 휘저으며 흙과 돌무
더기를 퍼 나르던

경사 심한 돌산에서 트랜스포머 신기술로 돌을 깨던

태풍이 물러난 곳에 한걸음으로 달려가 강 잡동사니 치우고
물총새에게 훤한 강바닥 돌려주던

재개발철거현장 매몰된 건물에서 콘크리트 잔해 걷어내고 생
명의 소리를 삽 끝으로 건지며 환하게 웃던

평생 포클레인이던 형부
현장에서 후진하는 포클레인 안고 다시 일어서지 못했다

매핵기*

  시험을 쳐야한다. 가지 달린 벤젠고리에 열매를 매달아야 한
다. 데모는 배부른 자들의 넋두리. 너를 넘어 교실로 들어간다.
너의 구호가 자꾸 목에 걸린다. 꿀꺽 삼켜도 넘어가지 않는다.
점점 목구멍을 조여 온다. 구호 뒤에서 흔들리던 뿌연 바랭이들.
함성을 지르며 몰려와 시험지에 달라붙는다. 문을 닫고 너의 그
늘을 둘둘 말아 귓구멍을 막는다. 너에게 이기고 너에게 져간다.
매캐한 최루가스가 닫힌 교실 앞에서 되돌아간다. 볼펜이 떨며
답안지를 움켜잡는다

  우렁찬 네 목소리 허공을 점령하고 위태로운 내 한숨 간신히
목구멍을 빠져나온다. 텅 빈 동공으로 몰려드는 액체들이 망설
이다 쏟아진다. 어서 끝내야 한다. 두 발은 흐느적거리며 구호
사이를 걸어 다닌다. 흐릿하고 모호한, 비틀거리는 거리에서 날
카로운 햇살이 살을 찌르고 사라진다. 바랭이가 시험지에서 당
당하게 일어나 벤젠고리 가지에 가지를 물고 나온다. 네가 밟고
있는 땅을 움켜쥐고 다시 줄기로 나와 힘차게 뻗어나간다. 딸꾹
질이 멈추질 않는다.

* 매핵기 : 목안에 무엇인가 맺혀 있는 것 같은 증症.

대학병원 약국에는 귀신이 산다네

약국 문틈을 빠져나온 소문들
꼬리에 꼬리를 물고 병원 전체로 뻗어나가네

빛이 두려워 낮에는 약통 속에 모습을 감추는, 셔터가 내려지
면 밤의 뚜껑을 열고 스르륵스르륵 조제실 밖으로 기어 나오는,
셔터 틈새로 들어온 불빛을 가뿐히 넘나드는, 치렁치렁한 옷자
락 밑으로 없는 발을 내밀고 사람인 척 걸어 다니는,

신약에 목숨 건 몽달귀신
매일 한 주먹씩 약 먹다 죽은 알약귀신
뚜껑을 박차고 나오네
알약이 주르륵 쏟아지네

약 한번 제대로 먹지 못한 가난한 귀신들 모여들어
실컷 주워 먹는다네

옆에서 묶어둔 처방전 훑으며 약을 짓는 손각시
발목 잡혀 넋두리 들어주네

밤은 그들의 세상

\>

주위가 소란해지면 아침 해가 셔터를 올리네
누렇게 뜬 얼굴의 약사가 고개를 갸웃거리며
흩어진 약 뚜껑을 닫는다네

동지冬至

동네 아저씨들 백열등 아래서 끗발을 이어나갔다 밤새 열두 달이 우리 집 안방으로 빠르게 오갔다

손끝에서 국화가 피고, 창포가 익어가고, 단풍이 물들었다 매화 가지에 앉은 파랑새는 늘 다른 곳으로 날아가 버렸다 60촉보다 환한 보름달을 잡고 싶은 아버지. 패를 감춘 손엔 비가 내리고 있었다 그럴 때면 횃대보의 모란꽃이 매캐한 담배연기에 코를 움켜쥐었다

꽁초처럼 타다 남은 나날을 이어 붙이려고
엄마는 건넛마을로 야근을 나갔다

언니와 나는 귀를 닫고 윗목에 엎드려 숙제를 했다 냉기가 올라와 손목이 시렸다 연필에 침을 묻히며 풀던 산수공책에 엎드려 잠들었다 얼룩진 침 자국에 숫자가 부풀어 올랐다

엄마는 밤늦도록 오지 않고
사흘 만에 집으로 들어온 오빠는 방문을 쾅, 닫고 다시 골목으로 뛰쳐나갔다

\>

화투판 너머로 배운 더하기 빼기로 점수를 매겼다 내 손톱에는 봉숭아 꽃물이 그믐달만큼 남아있었다 첫눈은 오지 않았다

말

하루의 피로를 씻어낸다는
마음의 응어리를 풀어낸다는
마주앉은 당신이 좋다는

서쪽 하늘에 붉은 단풍을 걸어놓은 가을날
넘치는 거품에 흘러버리는
술 맛 좋다!

긴 가방끈을 좋아하지 않는다

가방끈이 긴 아버지는 언제나 양복을 폼 나게 입고 다녔다 역마살이 끼어 전국을 돌아다녔다 보증을 잘못서서 바람과 함께 집문서도 날아갔다 식구의 불안들은 셋방 단칸방에 포개서 잠을 잤다

아버지는 가방끈이 긴 사람들과 둘러앉아 마작麻雀을 즐겼다 판에서 패를 섞을 때마다 대나무 숲 참새우는 소리가 들렸다 그런 날은 문밖에서 새벽이 말을 걸어왔다

아버지를 찾으러 길을 나섰다가 메고 있던 끈이 긴 가방을 소매치기 당했다 택시를 타고 오토바이를 쫓아갔지만 가방은 보이지 않았다 다치지 않은 것이 천만다행. 운전기사가 미터기 요금만큼 위로해 주었다

사라진 집문서를 찾은 것도 우릴 학교에 보낸 것도 가방끈이 짧은 엄마였다 너희는 가방끈이 길어야 한다고 말했다 엄마가 혼잣말로 원망하던 긴 가방끈. 아침이면 구겨진 원망을 펴듯 아버지 양복이 반듯하게 다려져 있었다

지금도 나에겐 숄더백이 없다

3부

죽음이 하루를 길게 늘여 놓았다

가족사진

청바지에 흰 남방 맞춰 입고 나비넥타이 메고
우리가족 사진 속으로 들어간다
밖에는 아직 도착하지 않은 벚꽃이 안에서 만발했다
일년 내내 지지 않을 꽃그늘 아래 긴 의자가 기다린다

활짝 웃으세요

사진사의 환한 목소리 따라
서투른 포즈가 어색하게 웃는다

아버님, 어머님 팔짱 끼세요
다정하게!
아들들, 바라보세요
좀 더 사랑스런 눈으로!

아침 해가 건너편 교회 뒤로 숨던 날
 병원에서 병명이 해일처럼 밀려왔다 집안 구석구석을 덮쳤다
핸드폰 너머가 아득했다 가족 식단이 바뀌고 약속은 미뤄졌다
조바심이 하루하루를 잠식했다 **빽빽**한 일정에 수술 날짜가 잡
히고

>
아내의 성화에 사진을 찍는다
그동안 이런저런 핑계 대며 빠져나가던 아이들도 순순히 따
른다

수술 마치고 집에 돌아오니 사진이 먼저 와 있다
새로 태어난 가족이 콘솔 위에서 팔짱끼고 다정하게 웃는다
인화되지 못한 병이 사진 주위에 머문다

층간소음

소리에 발 달려있다
보이지 않는 소리가
걷고 뛰고 쿵쿵거린다

위층 아이들이 천장을 부수고
내 머리 위에서 뛰어논다
정수리를 찢고 들어와
심장에서 돌아다닌다
피가 빨라지고 눈에 불꽃 인다

휴일을 삼켜버린 소리가
종일 미간에 자리를 잡는다
책상도 안절부절
안경너머 글자들이 흩어진다
책 속에 무수한 발자국을 남긴다

발자국을 지우려고
집을 나서면 도서관까지 쫓아온다
귀에 매달려 흔들거리며 따라다닌다

>

사랑스런 모습은 감추고
소리만 자라나는 아이들
모든 소리들을 잡아먹고
내 몸에서 점점 커진다

소리의 외출

현관문을 잠그고
어디론가 빠져나간 아침의 소리

집은 고요하다
문에 갇혀 덩그러니

유리문을 통과한 햇살에 기대어
풀풀 일어서는 먼지들
이 방 저 방 휘젓고 다닌다
소리 없는 움직임이 분주하다

집은 혼자가 아니다

옷장과 침대가 전신거울 속에 앉아있고
긴장 풀린 괘종이 둔탁하게 기우뚱거린다
닫힌 문틈으로 앞집과 뒷집도 뛰어들어
빈 집을 돌아다닌다

벽에 걸린 사진 속에서 식구들이 웃고 있다
4인용 소파가 길게 누워 기다린다

\>

저녁 여덟 시
나갔던 소리들이 고스란히 돌아온다

거실 시계추가 소리를 감추고
집은 잃어버린 목소리를 찾는다

삼각관계

피곤하지!
피곤해 보여!
앞좌석 두 친구는 억지로 재운 나를
백미러로 잠깐 확인하더니 곧 뒷좌석을 잊는다

핸들에 달라붙어 오가던 말소리
고속도로 들어서자 점점 커진다
차안을 온통 휘젓고 다니더니
창에 부딪쳐 귀에 차곡차곡 쌓인다

주고받는 말들 선명하게 눈앞에서 놀고
나도 이야기 한 자락을 붙들고 있지만
내 말은 보이지 않는다

어느 순간
나는 투명인간
이야기 밖의 사람

어디쯤에서 말 틈이 벌어질까
언제쯤 그 틈새를 가로질러 달릴 수 있을까

>

트라이앵글 하나의 선이 지워진다
화음이 깨지고 있다

두 친구 말은 깜깜한 터널 속을 신나게 달리고
안전벨트에 꽁꽁 묶인 내 말은
경고 사이렌 소리에 놀라 더욱 깊숙이 숨는다

앞에서 유쾌한 웃음소리 넘어온다
여전히 나는 없는 사람이다

봄도 아프다

마알간 유리문 밖
아까부터 누군가 서성인다
약국 문이 열릴 때마다
들어올까 말까 망설인다

빠끔 내다보니
언제부터 와 있었는지
봄 햇살이 오들오들 떨고 있다
겨울을 따돌리고 부리나케 달려왔는지
미처 신발도 신지 못했다

오는 길에
논두렁의 냉이와 쑥을 깨웠을 것이다
숲의 나무와 풀도 만났을 것이다
몸살 끼가 있는 것이 분명하다
얼른 문을 열어 준다

소아과 처방전을 들고 오는 어린아이처럼
배시시 웃으며 소파에 앉는다
이내 드러눕는다
미열이 난 이마에 가만히 손을 얹어본다

항암 전날

　고성 사는 친구가 버스를 여러 번 갈아타고 점심 맞춰 찾아왔다. 몸에 좋은 추어탕을 먹이고 싶다고 했다. 집근처 추어탕 집에 갔다. 서두른다고 아침도 거른 친구가 허겁지겁 먹는다. 염려가 입 안 가득 덮고 있어 숟가락이 입술 앞에서 멈칫거리다 뚝배기로 떨어진다.

　맛없어?

　탕에 말아서 얼른 한 입 뜬다. 까칠하게 맴도는 밥알들. 구수한 들깨가루와 맵싸한 산초향이 감아서 꿀꺽 넘긴다. 몇 숟갈 덜은 밥그릇을 건넨다. 친구가 받아 맛있게 마저 먹으며 말한다.

　암 별거니?
　암만 힘들지.
　암만 그래도 네가 이긴다.

　눈으로 먹는 추어탕에 염려가 달아나고 배가 든든해진다.

항암 첫날

외래약물치료센터 침대에 누워 있다. 두 병의 수액이 링거 줄을 타고 시퍼런 손등 정맥을 파고든다. 팔다리가 풀리고 등줄기에 식은땀이 흘러내린다. 심장 주위 뻐근한 통증이 자기장처럼 퍼져나간다.

향기가 난다. 귀로 들어오는 말소리가 산뜻하다. 암을 이겨내고 새로운 삶을 사는 그녀. 항암 치료에서 도망치려는 내 손을 잡고 이곳까지 와 옆에 앉아 있다. 향수병을 열어 놓고 조곤조곤 들려준다. 싱그러운 속삭임이 그동안 나를 에워쌌던 고약한 사람들을 밀어내고 힘없는 세포들을 흔들어 깨운다. 황홀하다.

나 대신 안에서 암세포와 싸울 해맑은 물. 한 방울씩 뚝. 뚝. 힘차게 정맥으로 들어가는 전사들. 그동안 널 피해 다니다니. 이렇게 용감한 너를 미워하다니.

사람의 향기에 취해 편안한 잠 속으로 빠져든다.

겨울방학

　밤새 눈이 내렸다. 아침햇살이 아이들을 데리고 뒷산으로 올랐다. 산비탈에 동그란 눈들이 고샅까지 미끄러졌다. 옷 안으로 양말 속으로 오싹 숨어들다 사라졌다. 엷은 햇살이 포대를 잡고 내려오다 포대는 달아나고 엉덩이만 팽이처럼 까르르 돌았다. 찬바람이 두 볼을 얼게 해도, 젖은 손을 시리게 해도, 즐거운 비명은 아이들 키만큼 커갔다. 세 살 많은 조카는 어린 고모에게 주먹만 한 눈덩이를 자주 던졌다. 훌쩍이던 햇살이 소매 끝에서 반짝였다. 어린 고모가 울음을 터트릴 때쯤 들창 너머 밥 먹으라는 소리가 뒷산놀이터의 문을 닫았다. 어느새 주위를 맴돌던 햇살은 돌아가고 마당가 동그란 눈덩이는 커다란 눈사람 되어 두 팔 들고 서 있었다. 어둠이 눈사람을 데리고 먼 길 떠날까 아이들은 졸린 눈 비비며 밤새 방문을 여닫았다.

　방학은 끝나가고 눈은 더 이상 내리지 않는다.

스무 살

문이 너무 많아요 어떤 문을 통과해야 하나요 문턱이 높아 넘
어질 뻔 했어요 문틀에 머리가 부딪혔어요 키를 둘둘 말아 오므
려야 하나요 몸을 부풀려 더 큰 문을 불러올까요 내 위에 나를 두
껍게 입고 기다리지요 문 뒤에 문이 숨어있어요 잠긴 문고리를
힘껏 잡아당겨요 바람이 원할 때마다 한 겹씩 벗어던져요 훨훨,
하늘을 날고 싶어요

시작은 어디인가요 어디쯤에서 선을 긋고 기다리나요 봄바람
의 속삭임도, 노란 꽃잎의 투덜댐도, 귓등에 숨기고 귀 기울여
요 내가 통과해야 할 문이 어디 숨어있는지, 언제 나타날지, 알
수 없어요 보이는 것이 전부는 아닌가 봐요 만져봐야 눈으로 보
이나요 문 밖 세상이 손끝에 스치네요 망막을 열고 안으로 들어
와요 가슴 활짝 펴고 숨을 크게 들이마셔요 두근두근 시작해 볼
까요

고개 숙인 선풍기

창고에서 풀려난
십년 묵은 신일선풍기
더위와 맞서 당당히 안방을 지킨다

군데군데 조각이 떨어져나가고
파란 받침은 하늘색으로
하얀 목은 황토색으로 변색되어도
3엽 날개는 힘차게 돌아간다

문제는 무거운 목이다
몇 번 돌다가 고개를 숙이고
다시 세워놓아도 어느 순간
고개를 떨어뜨린다

지천명을 넘긴 남편
남 일 같지 않았나
선풍기 목을 빳빳이 세우고야 말겠다고
몇 시간째 땀을 뻘뻘 흘린다

각성바지

오빠는 안동 권씨
동생인 나는 함종 어씨

성이 달랐지만
차마 묻지 못했다

아무도 말해 주지 않았다

하굣길에 책가방을 들어주던, 입학 선물로 가죽구두 신겨 주고 새 구두보다도 환하게 웃던, 내 동생 받은 상장은 도배해도 된다고 자랑하던, 가끔 중앙시장 고바우집에서 흰밥 위에 불고기를 얹어주던,

엄마에게도 묻지 않았다
모른 척 시치미를 뗐다

다방에서 계란 노른자 동동 띄운 쌍화차를 혼자 마시던, 저녁이면 소주 한 병에 '월남에서 돌아온 김상사'를 멋들어지게 뽑아내던, 사소한 일도 조목조목 그림 그리며 설명하던,

>

옆집 아이가 친구들 앞에서 큰소리로 말했다
성은 다르지만 배는 같다고

잔잔한 파도에도 나는 자주 기우뚱거렸고
그때마다 오빠는 손을 잡아주었다

더 이상의 항해가 힘들었을까
풍랑이 거세게 일던 날
오빠는 배에서 내리고 말았다

여흔

그가 떠났다
잡지 않았다

어두워지면 구름이
입 안 가득 백태로 내려 앉아 텁텁하다 긁어내도
아침이면 더 두껍게 혀를 덮는다

목에 걸려 물도 넘길 수 없다

눈 뜨면 어디에나 그가 있다
눈 감은 어디에도 그가 따라 붙는다

자석처럼
내 눈을 끌고 다니고
내 몸을 당겨 움직인다

곁에 있을 때 없던 그가
곁에 없는 지금 곁에 있다

문 열고

벽 뚫고 다가온다
싱크대 물속에서
펼쳐진 책 속에서 올려다본다
운전대 앞 유리창에서 빤히 들여다본다

집안 구석구석 남아있는 그의 물건을 치운다
모든 기억을 끄집어낸다
소주잔을 기울여 그를 쏟아내고
방향제를 뿌려가며 냄새를 없앤다

오늘도 화장지 둘둘 말아 그의 이름을 지운다

반창회 가는 길

서둘러 동서울터미널로 간다
주말 속초행 버스는 만원이다
지난밤 누군가에게 버림받은
버스표가 잽싸게 나를 낚아챘다
여고 반창회는 운이 좋다

헐떡이며 역에 도착하는 순간
전철은 우아하게 문을 닫는다
다음 열차에 발부터 밀어 넣고
강변역에 내리자마자 달린다
간신히 버스에 오른 예매표가
맨 앞자리로 잡아끈다

앞선 풍경들이 길을 비킨다
가끔 표지판이 앞을 막지만
곧 머리 위로 사라진다

눈동자는 너머까지 구르고
손가락은 분주히 움직이고
마음도 덩달아 뛴다

> 둘러앉은 수다가 손안에 잡히는데
까르르 웃음소리가 눈앞에서 터지는데
맥주잔 부딪치는 얼굴들이 거품처럼 넘쳐오는데

안절부절 의자는 나를 꼼짝 못하게 붙든다
벌써 모임에 도착한 문자가 소리친다

빨리 와!
차안에서도 뛰어!

일요일 오후는 이불 속에 누워 생각을 부린다

일요일 오후, 늘어진 몸을 일으켜 바지런한 앞치마를 앞세운
다 싱크대에 쌓아둔 그릇들이 달그락거린다 뜨거운 물로 달래
가며 씻는다 마른 행주로 닦아 찬장에 가지런히 들여보낸다 주
방에서 나와 콘솔 위 황동 모녀상에 걸터앉은 먼지를 가볍게 떨
어낸다 소파 옆에 어질러진 신문지를 포개어 재활용 박스에 담
는다 청소기가 시끄러운 잔소리를 늘어놓으며 방마다 돌아다닌
다 젖은 걸레로 바닥을 훔치며 그 뒤를 따라다닌다 구석구석 꼼
꼼히 닦는다 세탁기를 돌린다 책상에 엎드린 책을 일으켜 세우
고 낙서할 곳을 기웃거리는 볼펜들을 둥근 통에 가둔다 알록달
록 꽃이 핀다 베란다로 나가 벤자민과 행운목의 마른 머리를 흠
뻑 적셔준다

생각이
부지런히 팔다리를 움직여
집안을 한 바퀴 돌고 와도

오후는 꼼짝 않고 이불 속에 누워있다

4부

빈 곳을 메우지 않고 지루함을 기다린다

뉴슈가

받자마자 날래 쪄야 한디
그래야 차지고 맛나야~
따자마자 농구어 쪼금 부쳐야~
택배비가 더 든다야~
냉중에 한 번 더 보낼란다

강릉에서 텃밭농사 한 포대가
옥시기 이름을 달고 도착했다

아랫집 윗집 앞집
한 봉지씩 돌리고 냄비 가득 삶는다

산골짜기 투박한 바람이
후끈 달아올라 달큼하게 퍼진다

서늘한 흙 움켜진 버팀뿌리로
땡볕과 장대비를 흘러 보내고
골바람 달래어 키운 말들
속대에 알알이 박혀있다

>
친구처럼 잘 여문 알갱이가
입안에서 툭툭 터진다
차지게 들러붙어 오래도록 두런거린다

나는 그 말을 듣고 또 듣는다

봄날

시골 장터에서 만난 할머니들
바닥에 쪼그려 앉아 들고 온 안부를 주고받는다
가슴에 켜켜이 쌓아둔 말을 풀어 놓는다
떨어져 사는 자식에게 서운한 아홉 가지 감정을
꿀꺽 삼키고 한 가지 자랑을 늘어놓는다
잠시 주름살이 활짝 펴지고
덜걱거리는 틀니가 봄볕에 반짝인다
마주앉은 눈동자에 젊은 날이 그렁그렁 고인다
아픈 기억들도 아련하게 머물다 간다
부재중인 안부들은 봄바람이 받아 적는다
할머니 굽은 등을 타고 벽에 걸린
낡은 우체통에 차곡차곡 쌓인다
저려오는 두 다리에도 이야기는 끝이 없다
눈가가 짓물러도 죽지 않는 시간을
오래도록 부려놓는다
그래도 못 다한 이야기는
비닐봉지에 꽁꽁 묶어 막차를 타고 돌아간다

오래된 담장

길 위에 늘어선 담장
바래고 묵은 시간이 벽돌을 덮었다

미세한 틈조차 시멘트가 가로막아 봄풀의 여린 손을 잡지 못
했고 외로이 날아온 홀씨도 품을 수 없었다 그 단단한 기억을 무
너뜨리고 싶었던 담장을 길이 간신히 붙잡고 있다

길도 가끔 흔들렸다 보이지 않는 곳까지 갔다가 바퀴를 굴리
며 되돌아오곤 했다 봄바람이 뒤에 매달려오기도 하고 계절이
앞서 달려오기도 했다 휘어진 모퉁이 도로반사경에는 담장이 수
시로 드나들었다 지나가는 속도에 목을 움츠렸다

소음이 스며든 틈으로 푸른 이끼가 자랐다 그 위에 곰팡이 포
자가 내려앉아 서로를 물들이며 거멓게 삭아갔다 벽돌 몇 장이
떨어져 나간 자리에 거미가 집을 지었다

얄랑이는 거미집 한 채를 껴안은 담장
다시 마음을 다잡는다

토모테라피*

그 위에 누우면
이십 분의 짧고도 긴 여행이 시작된다

천장에 그려진 파란 하늘과 하얀 구름이 뚝뚝 떨어져
암울한 공기를 걷어내고 푸른 바다를 향해 달린다
몸에 그어진 매직 선을 따라
어긋나고 비틀거리고 미끄러지던 빛들이
거친 동력을 일으킨다

칙폭칙폭 기차소리 가까워지면
현기증이 나고 구토가 밀려온다
기차를 놓쳐선 안 된다

깔끄러운 입안이 안간힘으로 함흥냉면을 끌어당긴다
그 시원하고 질긴 줄을 따라 기차는 시간 너머로 간다

이렇게 가벼이 움직이는 기차라니,
즐겁고도 두려운 빛이 출렁이는 몸을 지나
속초 해안선을 달려간다

>
기적소리 멀어지고 어디선가
비린 갯바람이 불어와 곁에 머문다
머리 위로 움켜진 손을 살며시 편다

고생했습니다
방사선사의 싱싱한 치아가 아득한 철로에서
내 몸을 일으켜 세운다

* 토모테라피 : 방사선치료 요법의 한 유형이다.

능소화

보이지 않아요
담장 끝까지 올라가도
그가 보이지 않아요
까치발을 딛고 손으로 차양을 만들어 보아도
그의 모습이 보이지 않아요

내 귀가 나팔꽃처럼 벌어진 것도
다시 담장을 넘어 바닥으로 내려온 것도
혹시라도 다가오는 그의 발자국 소리
놓치고 싶지 않기 때문이지요

기다려도
기다려도 오지 않으면
노을빛 붉은 마음을 걸어놓아요

그래도 오지 않으면
어느 날 툭, 뛰어 내리지요
이것이 나의 이별방식이어요

나를 만지지 마세요

아니 품지도 마세요

노을빛 붉은 사랑에 물들면
나처럼 눈이 멀 수 있어요

흔들의자

거실에서 밀려나
베란다에 우두커니 앉아있는
가벼운 손끝에도 삐걱거리는
오가는 몸짓이 힘겨운

아이들에게 피노키오도 읽어주고 자장가도 들려주던 의자

밖에서 묻혀 온 마음의 얼룩을 지워주고
식구들끼리 엉킨 실타래도 가지런히 정리해줬다

흔들림 끝에는 늘 고요가 온다

서늘한 바람이 불어오면
앞산은 물감을 풀어 제 몸을 채색했다
의자는 그 풍경을 끌어와 창가에 걸어두고
세상에서 가장 편안한 속도로 움직인다
그 반복되는 흔들림은
불안한 잠도 고르게 빗어줬다

다녀간 흔적들을 떠올리다가

시간의 그림자를 더듬어보다가
다시 어두워진다

푹 꺼진 빈자리에
서쪽하늘 개밥바라기
잠시 머물다 간다

팥빙수

빙수가 나오네
단팥 뒤에 숨어서
말랑거리는 인절미에 붙어서
알록달록 젤리를 얹고서

발칙한 빙수
시치미를 떼고 있네

모처럼 만난 여고동창과
저녁식사하며 얼어붙은 마음
갈아서 얹었다는 것을

잘게 부서진 자존심
유리그릇 위에 위태롭게 솟아있네

반짝이는 웃음이 마주 앉아
아득한 빙하를 건너네

서서히 깎이는 봉우리
깎일수록 서걱거리는 살얼음판

\>

아파트 평수가 무너지네
아이들 등수가 흘러내리네
명품가방이 사라지네

녹아버린 빙수
남기고 일어난다

얼얼해진 입안에
팥 껍질 하나 껄끄럽게 돌아다니네

와이파이 도시락

여행을 떠나요

로밍 로밍 로밍

커다란 가방에 싸지 못한
두근거리는 마음
손꼽아 기다리던
반짝이는 눈망울
도시락에 담아가요

걸음에 맞추어
주머니 안에서 달그락거려요
손안에 잡히는 따끈한 도시락

두 손으로 흔들면
맛 나는 소리 들려요
우리 집 고소한 냄새 달려와요
입맛 다시며 허공에서 쓱쓱 비벼요

둘러앉아 사이좋게 나눠 먹는

아무리 먹어도 질리지 않는

이국의 광장카페에서
공원 벤치에서
호텔 라운지에서
도시락을 열어요

로딩 로딩 로딩

핫한 뉴스 넘쳐흘러요
카톡카톡 쏟아져요

길상사에 가면

극락전 앞 허리가 몇 아름되는 느티나무
어울리지 않은 '보호수' 이름표에 링거 주렁주렁 매달고 있다

지나가던 구름이 단비를 뿌려도
햇볕이 우듬지 어린잎에 기운을 불어넣이도
깊이 뻗은 뿌리들이 간절하게 키를 끌어올려도
동맥경화 진행된 몸은 곳곳에서 썩어간다
나무 비늘이 마디마디 거멓게 일어났다

벌어진 틈은 이끼에게 내어주고
습기 고인 곳은 벌레와 곰팡이가 자리 잡았다

매미가 노래연습실을 차려도
무일푼으로 들어온 새가 소리 높여 주인행세를 해도
극락전 한번 쳐다보고 미소만 지을 뿐
그것들 다 품고 살아도 싫지 않은 눈치다

오늘도 아픈 몸 이끌고 그늘을 내어놓는다
지친 발길들 오가며 쉬어가라고

\>

틈만 나면 손 모으고 아미타불 향해 몸 굽히는

송광사의 말사 늙은 부처를 만나고 온다

13월의 나무

요양병원 창 너머 아름드리 느티나무
참새들이 얼어붙은 아침을 쪼다 떠난 암흑색 가지에서
바싹 마른 나뭇잎들이 필사적으로 매달려있다

어젯밤부터 내린 비가 잎을 적시고
차가운 바람까지 몰고 와 뒤흔든다
가벼운 가슴들이 동그랗게 말리고 있다

혹한이 수시로 목을 조여 오고
거리의 속도가 몸을 휘청거리게 해도
소곤소곤 서로 북돋우며 견뎌왔을 것이다

기나긴 밤의 시간을 넘어
허공의 끊임없는 충동에도
그 작고 여린 이파리들이
온몸으로 죽음을 밀어내고 있다

풍성한 숲 뭉텅 빠진 가지에
얼마 남지 않은 나뭇잎들이
간당간당 겨울을 건너고 있다

보살팬

팬들은 보기만 하니까
힘들지 않아요
선수들은 얼마나 더 힘들까
그 생각만 했어요
한 번도 원망 안했어요

줄 이은 연패에 팬들은 보살이 된지 오래다

드디어 선수들이 답했다
끝내기 안타가 딱, 하고 맞는 순간
18연패를 탈출했다

이기든 지든 행복하다며
울면서 웃는 한화팬들
멀리서 깃발까지 흔들며 좋아한다

인화되지 않는 봄

경포의 봄은
아직 도착하지 않았다

멀리 보이는 어선 한 척 삼월 끝자락에 걸려있다
하늘과 바다의 경계를 그으며 물기품을 통동거린다
샛바람에 자주 출렁인다

청바지에 청코트를 걸친 목에서 꽃무늬 머플러가 울렁거린다
허니브레드 위에 앉았던 뭉게구름이 머그컵에 흩어졌다가
그녀의 입가에서 하얗게 부서진다

카페에 앉은 그녀가 하트를 만들며 웃는다
유리창 가득 스며든 햇살이 휴대폰에 담긴다

사계절을 넘기는 손끝
어제보다 젊은 오늘이 사각의 갤러리에서 넘실거린다

창에 갇힌 바다 너머를 바라보다가
선글라스를 쓰고 봄 밖으로 나가는 그녀

>

　바람이 머플러를 끌고 나뭇가지에 앉는다
　일렁이는 꽃잎 위로 셀카봉을 높이 든다
　봄은 언제쯤 모습을 드러낼까

국도

추석연휴
동서울에서 속초 가는 고속버스
도로체증으로 버스는 노선을 바꾼다
길은 덜컹거리고
승객들 엉덩이는 들썩인다
국도는 많은 길을 거느리고 있다
오랜만에 찾아온 고속버스를 향해
숨어있던 길들이 달려온다
골목길에 둘러앉은 이야기도
논둑길 한가한 황소울음도
산길에 홀로 서 있던 고욤나무도
앞서거니 뒤서거니 따라 붙는다
뒤늦게 오솔길이 멀리서 손을 흔든다
어둠이 길을 막으니
집들이 환하게 불을 밝힌다
직선을 버린 버스는
느린 풍경을 달고 쉬엄쉬엄 간다

'또 다른 나'의 자서전

이문재 시인 · 경희대 후마니카스칼리지 교수

'또 다른 나'의 자서전

이문재 시인 · 경희대 후마니타스칼리지 교수

"나무는 나무 아닌 것으로 이뤄져 있다"_ 야마나 테츠시

1. 창조성의 뿌리

첫 시집은 자서전이다. 거의 모든 첫 시집에는 시인의 생애가 녹아들어 있다. 이십대 후반에 첫 시집을 펴냈다면 이십 여 년 삶의 이력이 응축되고, 사십대 중반에 처음 시집을 묶었다면 사십 여 년 세월의 편린이 배어난다. 첫 시집에서 시인은 자신의 시력詩歷과 무관하게 자기만의 방식으로 첫 성년식을 치러낸다. 그래서 첫 시집은 언제나, 누구에게나 첫 시집이다.

첫 시집에서 시적 자아는 성인이 되기 위해 안간힘을 쓴다. 아이와 어른의 경계를 넘나들며 감수해야만 하는 정신적 외상이 언어의 명도를 높인다. 당연하게도 같은 성년식은 없다. 모든 성년식은 개별적이다. 자기 자신에게서도 반복할 수 없는 첫 성년식(물론 노년기에도 성년식이 가능하다)을 통과하며 시인은 자기만의 문장 패턴을 빚어낸다. 이 시기에 독창성의 서식지인 문체가 뼈대를 갖춘다. 자신을 포함한 세계와 대화할 수 있는 고유 코드를 개발하는 것이다.

우리는 자서전 성격이 짙은 첫 시집 리스트를 길게 작성할 수 있다. 관점에 따라 다 다르겠지만, 소월과 백석의 첫 시집에서부터 미당과 김수영을 거쳐 이성복, 박노해를 지나고 기형도와 허수경을 경유해 최근의 박준에 이르기까지, 한국 시문학사 100년의 주요 능선에 자기 서사가 두드러지는 첫 시집들이 깃발을 꽂고 있다. 여기서 우리가 공유해야 할 주의사항이 있다. 자기 서사가 곧 시의 완성도와 직결된다고 오해하지 말자는 것이다. 자기 경험과 감정의 많고 적음이 탁월성을 결정하는 요건이라고 지레짐작하지 말자는 것이다.

시적 자아와 시인 사이의 거리, 경험(현실)과 시와의 연관 여부는 시를 해석할 때 참조할 요소 중 하나일 뿐이다. 그럼에도 시(시인)와 자기 서사의 관계를 강조하는 까닭이 있다. 자기 서사가 지나친 시도 읽기 어렵지만 자기 서사가 희박한 시도 읽어 내기 힘들다. 전자는 감정 과잉, 즉 시의 대상과 거리 두기에 실패한 경우가 대부분이고, 후자는 경쾌하고 속도감이 있을지언정 삶의 문제와 동떨어진 언어유희인 경우가 허다하다.

그렇다면 거리두기에 성공한 자기 서사는 어떻게 가능한가. 자기 서사의 관건은 자기 성찰에 달려 있다. 시적 자아가 내면의 목소리를 경청하되 그 목소리에 휘둘리지 않는 시. 시적 자아(화자)가 감정을 절제하는 시. 이런 시가 독자와 깊이, 그리고 오래 만난다. 이런 시가 독자로 하여금 독자 자신의 이야기를 쓰도록 만든다. 시는 이때 다시 태어난다. 시는 이때 완성된다.

창조성 연구자들은 동일한 결론을 내린다. 심리학이든 뇌과학이든 어떤 시각에서 접근하더라도 창조성의 뿌리, 창조의 출

발점은 자기를 성찰하겠다는 의지라고 말한다. 굳이 전문서적을 들먹일 필요도 없다. 시인은 평생 자기 이야기를 시로 쓴다는 말은 얼마나 낯익은가.

'나의 이야기를 써라.' 세상 모든 시인학교 정문에 걸려 있는 모토가 아니던가.

2. '입추'에 돌아보다

어향숙의 첫 시집은 사기 서사가 풍성하다. 옛집 우물을 들여다보듯 지나온 삶에 눈길을 오래 두고 있다. 첫 시집 자격이 충분하다. 시집에 실린 시를 연대순으로 재배치하면 한 편의 자서전을 완성할 수 있다. 물론 이때의 자서전은 사전적 의미의 자서전이 아니다. 시인과 시의 화자가 다르듯이 시를 통해 재구성하는 자서전은 실제 생애를 재현하거나 복원하지 못한다. 아니, 그럴 이유도 없다. 시가 상상(허구)으로 빚어내는 진실이라는 데 동의한다면 시로 쓰는 자서전은 '타인이 쓰는 자서전'이라고 말하는 것이 맞을 것이다. 타인이 쓰는 자서전? 그렇다면 이 타인은 과연 누구인가.

시가 시인의 몸(삶)에서 나와 종이 위에 기록된다는 것은 누구도 부정할 수 없는 팩트다. 하지만 시 안에서 시를 이끌어가는 시적 자아(혹은 화자)가 곧 시인 자신은 아니다(널리 알려진 사실이지만 아직도 이 둘을 동일시하는 독자가 의외로 많다). 시적 자아는 시 안에서(만) 사는 시인의 또 다른 자아다. 시적 자아는 시인의 분신일 때도 있지만 전혀 다를 때도 있다. 시적 자아는 시를 쓸 때만 나타나는 이상한 동거인이다. 시 속의 이 '또 다른 나'는 때로 시인을 하인처럼 부리는 주인으로 돌변하기도 한다. (어떤 시인들은 '자기 안의 타인'이 말하는 것을 받아 적는 경우가 있다고 한다. 안타깝게도 이런 방식은 시작법에 포함시킬 수가 없다. 또한 이렇게 쓴 시를 독자가 가려내는 것도 가능하지 않다.)

다음에 인용하는 시가 '내 안의 타인이 쓴 자전적 순간' 중 하나인지 확인할 수 없지만(그냥 넘겨짚어도 무방한 것이 독자의 특권 중 하나다), 어향숙의 첫 시집으로 들어가는 현관이 될 것 같아 같이 읽어보기로 한다. 추측컨대 시인과 시적 자아가 앞서거니 뒤서거니 말을 주고받으며 함께 썼을 것이다(사실 모든 시가 이런 과정을 거칠 것이다).

샤워를 마친 저녁. 화장대 앞에 앉아 얼굴에 스킨을 탁, 치는 순간 열린 창문으로 상큼한 무언가 스친다. 귀밑을 간질이고 뒷목을 당기고 어깨를 감싼다. 은근하면서도 부드러운 바람이다. 그와 손잡고 광화문 밤거리를 쏘다니던 바람이다. 콧등에 땀방울이 송골송골 맺혀도 몸의 잔털들이 곤두서던 바람이다. 브래지어 밑에 두근두근 숨기고 속눈썹을 떨던 바람이다. 마주 잡은 손이 촉촉하게 젖어도 가슴으로 화하게 전해지던 바람이다. 두 볼 빨개져도 이가 덜덜거리던 건들팔월이다. 끝이 보이지 않는 바닥 깊은 곳에서 불어오던 최초의 바람이다.

바람이 입을 열고 들어와 혀 위로 달짝지근 굴러간다. 긴 코일을 따라 시원스레 그가 온다.

— 「입추」 전문

전신 감각의 향연이다. 시 속 시간은 현재에서 훌쩍 과거로 달려갔다가 다시 현재로 귀환한다. 오래 전, '그'와의 만남이 본격 국면으로 접어드는 결정적 순간을 지금, 여기로 소환한 것은 바람이다. 샤워를 마쳤으니 하루가 보람찼을 터. 모든 감각을 열어 놓은 개운한 몸. '나'와 외부 세계 사이의 경계가 사라진 상태다. 그런 몸을 감싸는 바람이 "은근하면서도 부드"럽지 않았다면 기억은 활성화되지 않았을 것이다. '나'의 의지와 무관하게 스치는 바람이 '나'를 그때 그곳으로 순간 이동시킨다.

이십여 년 저쪽, 저 '최초의 바람'이 '나'의 삶을 이전과 이후로 나눴으리라. 그 이전의 '나'는 타인과 일치하는, 타인과 일치해서 충만해진 '나'가 아니었을 터. 삶을 삶답게 하는 그 어느 것도 움켜쥘 수 없는 불안하고 초조한 미성년이었을 터. 그런데 그런 '나'가 '그'와 만나는 순간 다른 차원으로 이동한다. '그'와 만나 둘이 하나로 거듭나는 것인데, 이 하나는 둘 중 그 누구도 아닌 새로운 '하나'다. 이런 특별한 순간은 오래 지속되기 어렵지만 결코 잊히지 않는 생의 특이점이 아닐 수 없다.

가을은 성숙의 시간이다. 봄을 지나온 여름이 스스로 매듭을 짓는 시간이다. 뒤를 돌아보며 다시 앞을 내다보는 '성년의 시간.' 어향숙의 첫 시집은 '그'를 만나 어엿한 성인이 되기 이전과 성인 이후로 나눌 수 있다. 성장기를 소환하는 시는 대부분 어둡다. 아버지, 어머니, 오빠, 형부 등 혈연이 등장하는 가족사는 단란함이나 오붓함과 거리가 멀다. 가족을 떠나 사회 혹은 시대의 입구에서 겪는 성장통 또한 수월하게 지나가지 않는다.

저 광화문의 "건들팔월" 이후, 그러니까 가족과 시대와 내출혈을 일으키며 성년을 거친 '나'는 생업을 부여잡고 '나'와 가족, '나'와 세상 사이에서 '나'를 찾기 위해 분투한다. '청파동 시절' 이후 일상적 삶은 약국과 가족을 중심으로, 또 주위에서 마주치는 장삼이사에 대한 애틋한 시선으로 펼쳐진다. 시 「입추」의 "최초의 바람" 이후 시적 자아를 뿌리 채 뒤흔든 '두 번째 바람'이 있었으니 다름 아닌 투병이다. 자기 몸속에서 자라나던 암세포와 싸워 이겨낸 것이다. 위 시를 애써 '오독'한다면, 다시 말해 시인의 개인사적 맥락에 재배치한다면, 위 시에서 "시원스레" 다가오는 "그"는 시적 자아가 두 팔 벌려 부둥켜안을 새로운 미래(여생)일 것이다.

이제 몸의 잔털이 곤두서고, 속눈썹까지 떨리던 저 늦여름 이전으로 거슬러 올라가보자. 저 결정적 순간이 없었다면, 회복 탄력성의 도약대일 저 "두근두근"한 순간이 없었다면, 성장기를 소환하고 환기하는 시적 자아의 생에 대한 태도는 매우 부정적이었으리라. 다행스럽게도 시적 자아에게는 충만한 일치와 재탄생의 경험이 있어 시의 대상과 거리두기에 성공한다.

3. 두 죽음, 쓰라린 성장통

거칠게 말해서 우리는 여전히 '프로이트의 감옥'에 살고 있다. 프로이트 심리학에 지나치게 세뇌된 나머지 우리 삶의 행복과

불행의 원인을 전적으로 유년기 환경 탓으로 돌린다. 최근 알프레드 아들러가 소개되면서 프로이트의 '원인론'에 균형추가 생겼다. 프로이트, 융과 함께 현대 심리학의 지평을 열어온 아들러는 프로이트와 대척점에 서 있다. 아들러 심리학은 '목적론'이라고 불린다. 인간은 과거의 노예가 아니라 미래, 즉 목적을 향해 나아가는 주체라는 것이다.

융의 원형론에 유의하면서 프로이트의 원인(과거)과 아들러의 목적(미래) 사이로 난 길로 나아가는 것이 바람직한 선택일 것이다. 그리하여 '지금·여기·나'를 보다 넓고 길고 깊게 변화시켜 나가는 것이 시의 길이자 삶의 길일 것이다.

(1)
오빠는 안동 권씨
동생인 나는 함종 어씨

성이 달랐지만
차마 묻지 못했다
— 「각성바지」 부분

(2)
아버지는 가방끈이 긴 사람들과 둘러앉아 마작을 즐겼다 판에서 패를 섞을 때마다 대나무 숲 참새우는 소리가 들렸다 그런 날은 문 밖에서 새벽이 말을 걸어왔다
— 「긴 가방끈을 좋아하지 않는다」 부분

(3)

니 돈 있나

당신 얼굴에 쓸쓸함이 스쳤다
파도에 밀려오듯 빚쟁이에 떠밀려
딸이 알바 하는 해안가 레스토랑으로 찾아온 아버지
— 「마지막 질문」 부분

　길게 설명하지 않아도 머릿속에 그림이 떠오르는 유년기 가족
사다. (1)의 남매는 현실의 잣대로는 인정받기 어려운 이상스런
남매다. 성이 다른 오빠를 둔 동생은 이 난감한 사태가 왜 일어
난 것인지에 대해 그 누구에게도 묻지 못한다. 이 상처는 두 가
지 이유 때문에 덧난다. 하나는 오빠가 동생에게 자상했다는 것
이다. 다른 하나는 오빠가 스스로 생을 마감했다는 것. 오빠가
동생을 심하게 구박했다면 오빠의 비극적 결말은 덜 고통스러웠
을 것인데, 오빠는 성이 다른 여동생을 자랑스러워하기까지 했
다. 어린 시적 자아에게 오빠는 불행의 '원인' 중 하나로 각인되
었으리라.
　오빠의 비극 위로 아버지의 상습적 도박이 겹쳐진다. 불행의
원인이 늘어나는 동시에 강력해진다. (2)의 결과가 (3)이다. 도
박 빚에 쫓기는 중년의 사내는 사회적으로 폐기된 존재다. 더 이
상 가장일 수 없다. 아버지나 남편일 수도 없다. 딸에게 손을 벌
리러 찾아간 바닷가 레스토랑은 아버지의 마지막 발자국이 찍힌
곳이다. (1)에서 오빠가 배(자기 삶)에서 내렸듯이 (3)에서 아버

지는 딸을 만난 다음날 스스로 생을 마감한다. 오빠와 아버지의 비극적 죽음은 여동생과 딸이 감내하기 어려운 트라우마였을 것이다. 하지만 시적 자아는 감정을 쉽게 드러내지 않고 저 두 죽음과 거리를 유지한다. 시적 자아와 오빠 및 아버지 사이의 거리가 곧 독자가 동참할 수 있는 장소다. 저 거리에서 독자의 상상력이 활동하기 시작하는 것이다.

시집에서 '나'는 위와 같은 상처를 안고 성장한다. 세상 속으로 나아가 홀로 서기 위해, 홀로 서서 세상과 맞서기 위해 학업에 열중한다. 성장기의 저 상처(원인)가 오직 앞만 보며 미래(목적)를 향해 달려가도록 떠밀었으리라. 스무 살 전후의 '나'는 애써 시대의 아픔을 외면한다. 쓰라린 성장통을 이겨내기 위해, 어두운 가족사로부터 벗어나기 위해 스스로를 유폐시킨다. 상처의 악순환이다.

데모는 배부른 자들의 넋두리. 너를 넘어 교실로 들어간다. 너의 구호가 자꾸 목에 걸린다. 꿀꺽 삼켜도 넘어가지 않는다. 점점 목구멍을 조여 온다. 구호 뒤에서 흔들리던 뿌연 바랭이들 함성을 지르며 시험지에 달라붙는다.
　― 「매핵기」 부분

문이 너무 많아요. 어떤 문을 통과해야 하나요. (…) 문 뒤에 문이 숨어 있어요. 잠긴 문고리를 힘껏 잡아당겨요. 바람이 원할 때마다 한 겹씩 벗어 던져요. 훨훨 하늘을 날고 싶어요.
　― 「스무 살」 부분

천장을 밟고 다닐 수 있다면
하늘을 걸어 다닐 수 있다면

작은 창을 열면 멀리 봄이 오는 소리
하지만 봄은 이곳까지 올라오지 못했다
— 「스무 살의 다락방」 부분

오빠와 아버지는 떠났지만, 결코 떠나지 않았을 것이다. 두 부재는 '나'의 안에 엄연한 실존으로 함께 살았을 것이다. 저 두 죽음이 '나'로 하여금 이를 악물게 했으리라. 저 두 죽음의 사슬로부터 벗어나는 유일한 길은 좋은 성적을 받고 어엿한 일자리를 갖는 것. '나'는 최루탄 가스가 자욱한 교실에서 시험지와 마주하고 "전기요금 독촉장을 베개 밑에 깔고" "은하수 건너" 다른 세상을 꿈꾼다. 하지만 세상에 '나'를 위해 마련된 "문"은 없다. 현실의 문은 열리는 문이 아니고 닫히는 문이었다. 새로운 시간을 위한 문이 아니라 '나'를 과거에 묶어두기 위한 문. 열쇠는 없고 자물쇠만 있는 문.

바닷가에서 '각성바지'로 자라난 '나'가 깊은 상처를 끌어안고 마침내 세상으로 나아가는 "문"을 열어젖힌 순간이, 우리가 앞에서 함께 읽은 시 「입추」의 '결정적 순간'이었을 것이다. '나'는 이제 일상적 삶을 영위하는 소시민 자격을 얻는다. "청파동 132번지/ 꼭대기 붉은 벽돌집"(「청파싸롱」)에서 '나'는 오빠를 잃은 여동생, 아버지로부터 버림받은 딸, 시대의 아픔을 외면하던 대학생에서 벗어나 밤늦게 술친구를 몰고 오는 남편을 맞이하는

"어마담"으로 변신한다. 자기 삶에 뿌리를 내린 것이다. 이윽고 '원인'의 시간이 '목적'의 시간으로 바뀐 것이다.

4. 누워 있다 다시 일어서기

시적 자아, 즉 '또 다른 나'가 쓰는 자서전은 일대 전환점을 맞이한다. 대학 시절 "너의 구호"를 떨쳐내며 답안을 작성하던 그 시험은 약사고시였던 것 같다. 남편 친구들에게 '청파동 마담'으로 불리던 '나'는 어느새 약국 주인으로 살아간다. 그런데 '나'는 보통 약사가 아니다. 시의 마음을 가진 약사다. 아픈 몸이 아니라 아픈 마음까지 치유하는 '약사 시인'이다. 다음 시를 보자.

약사님, 감기약 맛있게 지어 주세요

처방전 내려놓으며
여학생이 건넨 맑은 소리
데굴데굴 굴러들어옵니다

귀를 활짝 열더니
눈앞을 환하게 합니다
기계처럼 움직이던 손 움켜쥐고
조제실로 들어가 약을 짓습니다

아침에 쟁여둔 햇살 한 줌

당의정에 코팅하고

숲에서 담아온 공기 한 줌

캡슐에 슬쩍 밀어 넣습니다

— 「약손」 부분

약사가 좋은 약사라면 좋은 시인과 크게 다르지 않다. 약사가 약을 조제하는 행위는 시인이 언어를 조탁하는 행위와 다르지 않다. 약이 아픈 몸을 치료하듯이 시는 아픈 마음을 치유한다. 그런데 몸과 마음은 둘이 아니다. 지난 세기 후반, 서양에서도 몸과 마음이 긴밀하게 연결돼 서로 영향을 끼친다는 정신신체학이 출현했거니와 좋은 시와 좋은 약은 둘이 아니다. 시의 사회적 기능 중 하나가 치유라는 데 동의한다면 좋은 시인은 약사 시인일 것이다(농부 시인, 교사 시인도 있다).

우리의 약사 시인은 몸이 아픈 사람만 보살피는 것이 아니다. 이 약사 시인은 "봄도 아프다"는 사실까지 발견한다. 봄날 약국 유리문 밖에서 서성이는 "봄 햇살"과 눈이 마주치자 봄에게도 마음을 건넨다. "오들오들 떨고 있"는 "미처 신발도 신지 못"한 봄을 약국 안으로 들어오게 한 다음, "이내 드러눕는" 봄의 "미열이 난 이마에 가만히 손을 얹"는 것이다. 인간을 넘어 자연과 공감하는, 아니 공감을 넘어 환대하는 이런 약사를 시인이라고 하지 않는다면 과연 누가 시인일 수 있단 말인가.

우리가 「입추」에서 만났던 "최초의 바람"에 이어 '두 번째 바람'이 분다. 이 바람은 달콤한 바람이 아니다. 가혹한 바람이다. 앞에서 잠깐 언급했듯이 '나'가 암에 걸려 병상에 눕게 된 것이다. '나'의 암 투병은 아이러니가 아닐 수 없다. 다른 사람의 병을 고쳐온 약사가 암에 걸리다니.

> 한때 내 몸의 궁이었던
> 태아가 자라던 집
> 그 집이 몸을 빠져나갔네
> 무성한 숲이었던 자리가 텅 비었네
> 나는 적막한 숲이 되었네
> 내가 키우던 기쁨들이
> 그곳에서 자랐음을 뒤늦게 알았네
> ─「궁宮이 몸을 빠져 나갔네」 부분

위 시 후반부에서 "이제 기쁨을 어디에 담아 키우나"라는 탄식이 나오기까지 시적 자아가 감당했을 고통과 고뇌는 상상하기조차 버겁다. 생명이 깃들고 생명이 자라나는 궁(子宮)이 갖는 의미는 여성과 남성을 불문하고 상징과 메타포의 차원을 훨씬 넘어서는 그 무엇이다. 생물학과 인류학을 넘어, 우리 모두가 태어난 저 우주적이면서도 원초적인 '집'의 상실은 존재의 근원, 삶의 연원이 뿌리 뽑히는 아픔일 것이다. 위 시는 독자로 하여금 상상력의 한계를 절감하게 만든다. 타인의 아픔을 내 것으로 아파하기란 말처럼 쉬운 일이 아니다.

'나'는 항암 치료 전날 찾아온 고향 친구와 함께 "구수한 들깨가루와 맵싸한 산초"가 들어간 추어탕을 몇 술 뜨고(「항암 전날」) 항암 치료에 들어간 날에는 "나 대신 안에서 암세포와 싸울" 약물을 고마워하며 "사람의 향기에 취해 편안한 잠 속으로 빠져 든다"(『항암 첫날』) 결국 '나'를 병상에서 다시 일으켜 세운 것은 일차적으로 항암치료였겠지만 '나'를 찾아와 위로한 "사람들"이 아니었다면 치료는 더뎠을지 모른다. 그 중에는 "사회에서 건너건너 만난" 지인도 있었다. "늙어가는 우리/ 이제 서로 비비며 살자/ 필요하면 언제든지 이용하셔/자유이용권이야"(『위로가 필요해』)라는 '민찬 엄마'의 말을 들으며 '나'는 "환자복 한기를 밀어내"고 "발이 뜨끈해"지는 것이다.

> *받자마자 날래 쪄야 한디*
> *그래야 차지고 맛나야~*
> *따자마자 농구어 쪼금 부쳐야~*
> *택배비가 더 든다야~*
> *냉중에 한 번 더 보낼란다*

> 강릉에서 텃밭농사 한 포대가
> 옥시기 이름을 달고 도착했다

> (…)

> 친구처럼 잘 여문 알갱이가
> 입안에서 툭툭 터진다
> 차지게 들러붙어 오래도록 두런거린다

나는 그 말을 듣고 또 듣는다

—「뉴슈가」부분

그렇다. 우리는 결코 혼자가 아니다. '나' 혼자서는 단 한 순간
도 삶을 영위할 수 없다. 앤디 워홀이 말했듯이 우리가 어머니
의 몸에서 태어나는 순간은 "마치 유괴당하는 것"처럼 보일 수
도 있다. 우리는 우리가 원해서 이 지구에 온 것이 아니기 때문
이다. 하지만 지구에 도착한 그 순간부터 우리는 타인과 연결된
다. 다른 사람뿐 아니라 친지자연과 직결된다. 프로이트의 감옥
에서 자라나면서 아들러가 말하는 '목적'을 설정하고 앞으로 나
아간다. 이것이 우리의 실존적 삶의 경로다. 이 경로에서 우리가
놓치지 말아야 할 것이 '관계'다. 일찍이 붓다가 일깨웠듯이 '나'
는 없다. '나의 관계'가 있을 뿐이다. '나'는 관계다. 그것도 고정
되지 않은, 활동하는 관계다.

어향숙 시의 '나'를 다시 일어서게 한 가장 큰 힘 중 하나가 병
실을 찾아준 친구와 지인, 그리고 고향에서 옥수수를 부쳐주는
벗들이다. 이에 앞서 가족이 있었고, 병실 밖에는 "아름드리 느
티나무"가 있었다. 방사선 치료를 받을 때는 '나'의 기억("함흥
냉면" "속초 해안선")까지 곁에 머물러 주었다. 우리는「뉴슈가」
의 마지막 문장 "나는 그 말을 듣고 또 듣는다"를 오래 기억해야
한다. "그 말"은 친구(관계)의 우정 어린 말일뿐만 아니라 천지
자연이 함께 빚어낸 생명(옥수수)의 말씀이기도 하기 때문이다.

친구의 사투리 섞인 목소리에서 멈추지 않고, "땡볕과 장대
비" "골바람"이 "키운 말"을 듣는 데서 그치지 않고, "그 말을 듣

고 또 듣는" '나'의 모습은 기도를 올리는 수행자처럼 보인다. 아니, 내면의 목소리에 귀 기울이는, 그 목소리에 깃드는 인간과 세계, 천지자연과 우주의 소리에 집중하는 시인으로 보인다.

5. "나무는 나무 아닌 것으로 이뤄져 있다"

첫 시집은 자서전이란 말은 오해의 소지가 있다. 시는 이야기라는 정의처럼. 그럼에도 나는 자기 성찰과 자기 서사가 시 쓰기와 시 읽기에서 큰 비중을 차지한다고 생각한다. 앞에서 말했듯 이 창조성의 뿌리가 자기 성찰에 있다고 할 때, 이때 마주하는 '나'는 유일무이하지 않다. 그러기는커녕 들여다보면 볼수록 '나'는 많아지고, 너무 많아져서 '나'는 결국 사라진다. 일본의 재야 철학자 야마나 테츠시에 따르면 나무는 '나무 아닌 것'으로 이뤄져 있다.

'나무'라고 할 때 우리 머리에 떠오르는 것은 어떤 한 덩어리의 물질입니다. 틀림없이 나무는 어느 정도 독립성을 띠고 거기에 서 있습니다. 하지만 나무가 나무로서 존재할 수 있는 것은 흙이 있고, 물이 있고, 공기가 있기 때문입니다. 그 '나무 아닌 것' 들 가운데 어느 하나라도 없으면 나무는 나무로서의 존재를 곧바로 멈추게 됩니다(흙, 물, 공기 또한 그 안에 흙, 물, 공기가 아닌 온갖 요소가 들어 있음으로써 비로소 이루어진 것입니다).

— 야마나 테츠시, 최성현 옮김, 『반야심경』, 불광출판사, 2020, 87∼88쪽

어디 나무뿐이랴. 우리 모두가 그렇다. 뭇 생명과 사물이 다 그러하다. 모든 존재와 그 존재의 활동이 서로 다른 존재들의 네트워킹으로 이뤄진다. 시도 마찬가지다. 시는 시 아닌 것들의 관계로 이뤄진다. 단어, 문장, 행과 연, 비유, 이미지, 이야기 등은 각각 그 자체로 시가 아니다. 그런데 이 시 아닌 것들이 없으면 시가 성립되지 않는다.

시는 시 아닌 것들의 존재에 감사해야 한다. 게다가 시 아닌 것들은 우리 안팎에 얼마나 무궁무진한가. 시 아닌 것들이 우리를 기다리고 있다는 이 사실은 얼마나 커다란 축복인가. 시를 삶이라고 바꿔 말하자. 나의 삶이 나 아닌 것들의 유기적 관계로 이뤄진다는 '깨달음'을 받아들인다면 내가 나를 보는 눈, 내가 우리와 그들을 대하는 눈길, 내가 다른 생명과 사물을 맞이하는 마음가짐이 달라질 것이다. 나는 이 '평범한 진리'가, 우리가 결코 잊거나 잃어버리지 말아야 할 '시의 마음'이자 삶의 태도라고 믿는다.

어향숙 시 「뉴슈가」의 화자가 고향 친구가 보내온 옥수수 안에 담긴 '옥수수 아닌 것들'의 말을 듣고 또 들으며 다시 일어섰듯이, 우리도 듣고 또 듣자. 시를 만드는 시 아닌 것들, 나를 있게 하는 나 아닌 것들이 하는 말을 듣고 듣고 또 듣자. 그리하다 보면 우리는 우리 아닌 것들의 손을 잡고 '이전과 다른 시간' 속으로 들어가는 문을 열게 될 것이다. 이전에는 없던 축복의 문을.

어향숙 시집

낯선 위로가 눈물을 닦아주네

발   행 2020년 8월 15일
지 은 이 어향숙
펴 낸 이 반송림
편집디자인 김지호
펴 낸 곳 도서출판 지혜 · 계간시전문지 애지
기획위원 반경환 이형권
주   소 34624 대전광역시 동구 태전로 57, 2층 도서출판 지혜 (삼성동)
전   화 042-625-1140
팩   스 042-627-1140
전자우편 ejisarang@hanmail.net
애지카페 cafe.daum.net/ejiliterature

ISBN : 979-11-5728-408-5 03810
값 10,000원

어향숙

어향숙 시인은 강원도 속초에서 태어났다. 약국 모서리에서 약을 짓다가 시도 짓게 되었다. 2016년 '김유정 신인문학상'으로 등단했다.

어향숙 시인의 첫 번째 시집인 『낯선 위로가 눈물을 닦아주네』는 이문재 시인의 말대로, '시의 마음을 가진 약사', '아픈 몸이 아니라 아픈 마음까지 치유하는 약사 시인'으로서의 '또다른 나의 자서전'이라고 할 수가 있다. "아침에 쟁여둔 햇살 한 줌/ 당의정에 코팅하고/ 숲에서 담아온 공기 한 줌/ 캡슐에 슬쩍 밀어 넣습니다(「약손」)."

이메일: boongeo111@hanmail.net